这本《自然故事》属于：

蜜蜂对地球上的生命来说可能是最重要的。它是地球上最伟大的传粉昆虫——将花粉从一株植物带到另一株植物那里去，使花能够结出种子和果实。

蜜蜂可以生活在野外，也可以生活在养蜂人做的蜂箱里。蜜蜂不能独自生活，它必须生活在紧密合作的大家庭里。在大家庭里，蜜蜂经常更换工作内容：起初它是清洁工，然后是保姆、建筑工、守卫、侦察员，最后是采蜜人。

这是一个侦察蜂的故事……

献给我的第一个孙子,斯潘塞·邦德
——雷蒙德·休伯

献给我的父亲——一个了解蜜蜂的农夫
——布赖恩·洛夫洛克

图书在版编目(CIP)数据

跳舞的蜜蜂 /(新西兰)雷蒙德·休伯文;
(新西兰)布赖恩·洛夫洛克图;王春,刘泰宁译. ——
杭州:浙江教育出版社,2020.9(2022.11重印)
(自然故事. 第2辑)
ISBN 978-7-5722-0478-4

I. ①跳… II. ①雷… ②布… ③王… ④刘… III.
①儿童故事-图画故事-新西兰-现代 IV. ①I612.85

中国版本图书馆CIP数据核字(2020)第120734号

引进版图书合同登记号 浙江省版权局图字:11-2020-241

Text © 2013 Raymond Huber
Illustrations © 2013 Brian Lovelock
Published by arrangement with Walker Books Limited, London SE11 5HJ
All rights reserved. No part of this book may be reproduced, transmitted, broadcast or stored in an information retrieval system in any form or by any means, graphic, electronic or mechanical, including photocopying, taping and recording, without prior written permission from the publisher.
Simplified Chinese translation edition is published by Ginkgo (Beijing) Book Co., Ltd.

本书中文简体版权归属于银杏树下(北京)图书有限责任公司

跳舞的蜜蜂

[新西兰]雷蒙德·休伯 文
[新西兰]布赖恩·洛夫洛克 图
王春 刘泰宁 译

浙江教育出版社·杭州

一只樱桃核大小的蜜蜂从蜂巢里爬出来。
她身体上的条纹在清晨阳光的照射下闪闪发光。
侦察蜂在拥挤的蜂房里度过了之前的全部时光。
现在,她该飞出蜂房,到外面的世界里探索啦——
寻找鲜花,采集花粉和花蜜为食。

她的蜜蜂姐妹们在蜂巢里酿制蜂蜜,
但这些蜂蜜够吃吗?寒冷的天气即将来临,
侦察蜂得找到秋天里所剩无几的花。

一个蜂巢里生活着约5万只雌蜂和少数雄蜂。

侦察蜂的翅膀嗡嗡作响，
它们扇动得特别快，几乎不会被人们看见。
侦察蜂呈螺旋状向上飞升，离开蜂巢，
很快就飞到了广阔的天空。

侦察蜂记得她飞过的地方，
稍后她就能顺利返家，
因为太阳在指引她。

蜜蜂利用阳光、地标和气味来导航。
它们还能感应到地球磁场，
就像内置了指南针一样。

侦察蜂飞得像箭一样又快又直。
风吹着她,把她脸上的细毛吹乱了,
但她还是飞得稳稳当当,安然飞过气流。
她的眼睛漆黑,仿佛磨光的石头一般,
四处张望——寻觅下面的一片片色彩。

微风中飘荡着一股诱人的气味。
侦察蜂发现了这股香味。
她飞过一片空地,
一块神奇的草地展现在她的面前——
这是一片花的海洋。

蜜蜂周身都毛茸茸的,
包括它们的眼球。
这些毛能让蜜蜂感知风向的变化。

蜜蜂有很强的嗅觉。
它们用触角来嗅气味。
蜜蜂可以多方向地来嗅气味,
每根触角会嗅不同方向的气味。

羽毛一闪而过!

一只饥饿的乌鸫俯冲过来扑向猎物。
但侦察蜂快速向下飞去,躲入树丛,
在缠绕的树枝间穿梭飞行。

许多动物都吃蜜蜂,包括一些昆虫,
如黄蜂和蜻蜓,还有蜘蛛、青蛙、
鸟类以及熊或獾等哺乳动物。

危险消失,侦察蜂又飞回到花海中。
她落在一片柔软的花瓣上,把头扎进花里。
这杯香甜的花蜜是沉在底部的珍宝。
她的舌尖仿佛一把小勺子,啜饮着糖浆。

侦察蜂从一朵花飞到另一朵花,呈之字形飞行,
四处传播着花粉。花粉粘附在她毛茸茸的身体上,
在阳光下闪闪发亮。

飞行过程中,蜜蜂全身布满静电,
将花粉吸附到它们的身体上。
蜜蜂有蜜囊,可以把花蜜带回蜂巢。

侦察蜂喝完了花蜜。她要把这片蓝色草地*的信息告诉自己的姐妹们。但这时，雷雨云遮住了太阳。突然，乌云压顶，雨点儿猛烈地落下，将侦察蜂打落到地面。当冰雹在她周围炸开时，她匍匐在一片树叶下面。

*蜜蜂可以分辨的可见光波长与人类不同，人们看到的绿色草地在蜜蜂的眼里是蓝色的。——编者注

蜜蜂会躲开雨水和风暴。
雨滴能伤害蜜蜂，
使得翅膀处肌肉变冷，
蜜蜂因此飞不起来。

黄蜂会入侵蜂巢偷蜂蜜、吃小蜜蜂。

暴雨过去了。侦察蜂嗅出自家的蜂巢的气味，
便循着气味返回。
一队负责守卫的蜜蜂正在蜂巢外值守。
一个穿黄夹克的敌人正在进攻蜂巢。
侦察蜂了解那种焦虑不安的飞行方式——
那是黄蜂！

当侦察蜂准备飞落地面的时候，黄蜂抓住了她。
黄蜂举起了螯针，此时守卫蜂飞了过来，
她们用腿和黄蜂搏斗起来。

蜜蜂只有在自卫时才会蜇人。
它们在蜇了较大的动物后会死去。

侦察蜂终于安全地进入了蜂巢。
她开始在布满蜂蜡的巢里跳起舞来。
蜜蜂观众们被侦察蜂身上的花香吸引过来,
聚集在一起。

侦察蜂通过舞蹈讲故事,
每个动作就是一句话。
侦察蜂摇啊摇,转啊转,
将通向蓝色草地的路线描述出来。
只有给大家分享甜美的花蜜时,
她才会停下来。

侦察蜂为许许多多蜜蜂姐妹们
重复跳着这个舞蹈。

蜜蜂的舞蹈是一种复杂的语言,
可以传达出数百万种不同的信息。

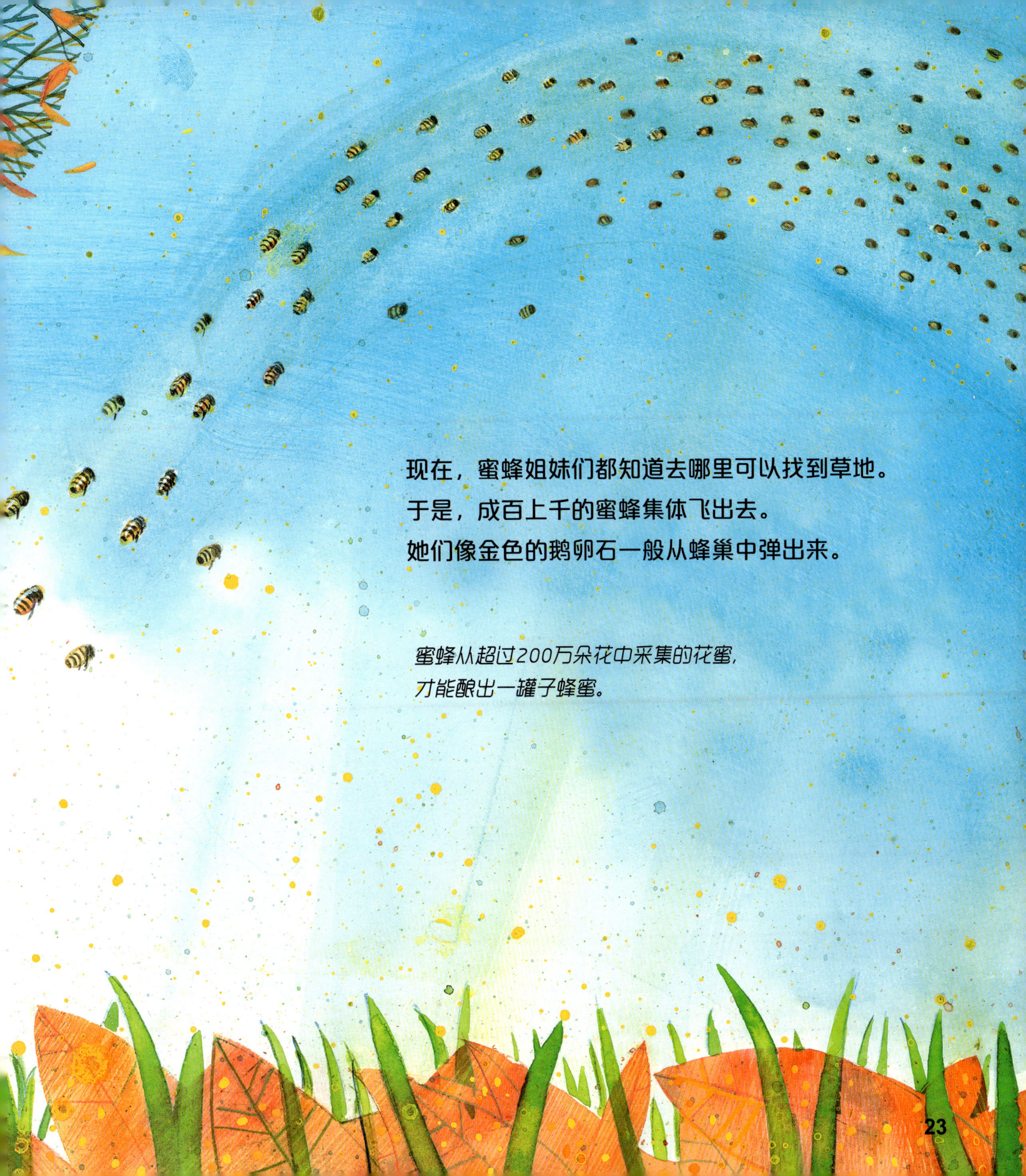

现在,蜜蜂姐妹们都知道去哪里可以找到草地。
于是,成百上千的蜜蜂集体飞出去。
她们像金色的鹅卵石一般从蜂巢中弹出来。

蜜蜂从超过200万朵花中采集的花蜜,
才能酿出一罐子蜂蜜。

回到蜂巢后，侦察蜂就会把珍贵的花蜜转给内勤蜂。
内勤蜂将花蜜放入蜂巢里，
然后扇动翅膀吹着花蜜。
花蜜将转化成液体黄金——蜂蜜，
供蜜蜂食用！

花蜜的主要成分是水，
蜜蜂扇动翅膀吹着它，会使它变干变稠，
最后转化成蜂蜜。

侦察蜂来到托儿所后，
哺育蜂会从她的身体上取下花粉，
并与蜂蜜混合，然后喂给蜜蜂幼虫吃。

蜂王每天能产数千枚卵。
蜂房里的雄蜂为数不多，它们的工作就是使蜂王受精。

蜂王就在旁边,她身体很长,且有光泽。
她是蜂巢里所有蜜蜂的母亲,
产下的卵看起来只有小米粒那么大。

蜜蜂终其一生,
可以在花丛中飞行900千米以上,
直到它把翅膀磨损为止。

完成任务后,侦察蜂累得筋疲力尽。
她终于停止扇动银色翅膀,休息了一会儿。
很快她就会和蜜蜂姐妹们一起,
在蓝色的草地上开展秋季采集。
有了足够的蜂蜜,她们一家才能熬过冬天。

正是侦察蜂的每一次振翅飞行,成就了她的勇敢之旅。

拯救蜜蜂！

正是因为蜜蜂授粉，我们才能吃到美味的苹果、樱桃、草莓、猕猴桃、坚果和许多蔬菜。
但是，蜜蜂正处在灭绝的危险中。
你可以给蜜蜂提供食物、干净的住所来帮助它们生存下去。

比如种植各种各样的花、草本植物和会开花的树木；

不在花园里使用有毒的化学药剂；

不污染空气和水。

这些做法也将帮助其他传粉昆虫，如熊蜂、蝴蝶、本地蜜蜂等。

通过索引表，
你可以查找、发现蜜蜂的相关知识。
文中有两种字体，
这种和这种，都要记得阅读哦！

索引

螫针	19
哺育蜂	26
触角	11
传粉昆虫	3、30
雌蜂	7
导航	9
蜂蜜	7、18、23—24、26、29
蜂王	26—27
花粉	3、7、14、26
花蜜	7、14、20、23—24
黄蜂	12、18—19
卵	26—27
气味	9—11
内勤蜂	24
守卫蜂	3、19
托儿所	26
舞蹈	20
雄蜂	7、26

文 雷蒙德·休伯

曾是一名小学教师、园丁和养蜂人，现在是一名作家和编辑。他获得了理学学士学位，教授各个年龄段的人科学知识，并为学校写了很多科学书籍。他还写了两本关于蜜蜂齐吉的少儿小说，其中一本名为《螫》，曾入围2010年新西兰邮报儿童图书奖、朱利叶斯·沃格尔爵士奖，获得新西兰故事情节优秀图书奖。第二本书《翅膀》入围2012年朱利叶斯·沃格尔爵士奖。他喜欢在花园里种植，收获蜜蜂授粉后结出的果实。也喜欢雕塑、骑自行车，以及在自己的网站上撰写关于书籍和蜜蜂的文章。

图 布赖恩·洛夫洛克

是在新西兰电力行业工作的一位科学家。他一生都在画画，近年来开始给绘本画插画。他的《道路工程、拆除和建筑》获得2009年新西兰邮报儿童图书奖绘本奖。2013年，布赖恩因其作品《道路工程、拆除和建筑》被提名希利普·凯特·格林纳韦勋章。他的另两本绘本《你妈妈没有那样做！》《雨中列车》，也深受世界各国儿童喜爱。

写给家长

与孩子们分享书籍是帮助他们学习的最好方法之一,也是他们学习阅读的最佳方式之一。《自然故事》是一套自然知识绘本,插图精美,屡获奖项。这套书重点描绘动物,对孩子们有非常强烈的吸引力。孩子们可以反复地阅读和体会这套绘本,或许可激发对一个主题的兴趣,进而深入思考和探索,发现更多知识。

每本书都是对现实世界的一次历险,既丰富了孩子们的阅历,又培养了他们的好奇心和理解能力——这是最好的学习方式。

《自然故事》(共三辑,二十四册)

第一辑

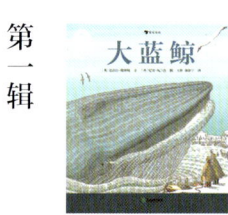       

第二辑

第三辑